Enid Blyton

El buen samaritano

y

El joven que se fue de su casa

EDITORIAL PORTAVOZ

Enid Blyton, autora de más de 600 libros para niños, nació en Londres en 1897. Cuando era niña, escribió poemas, cuentos y obras de teatro. Su primer libro se publicó en 1922 y su primera revista infantil, *Sunny Stories*, en 1926.

Todas sus principales series de obras para niños se iniciaron durante el periodo comprendido entre 1939 y 1945: *The Enchanted Wood*, *The Children at Cherry Tree Farm*, *The Twins at St Clare's*, *Five on a Treasure Island*, *The Mystery of the Burnt Cottage*, *The Island of Adventure* y *First Term at Malory Towers*. También relató cuentos populares y clásicos e historias bíblicas.

Enyd Blyton murió en noviembre de 1968. En los últimos cincuenta años, sus libros han sido impresos con mayor asiduidad que los de cualquier otro autor de obras infantiles.

HISTORIAS DE LA BIBLIA

El buen samaritano

y

El joven que se fue de su casa

Coedición organizada por:
Angus Hudson Ltd.
Concorde House
Grenville Place, Mill Hill,
Londres NW7 3SA
Inglaterra
Tel. + 44 181 959 3668
Fax + 44 181 959 3678

EDITORIAL PORTAVOZ
P.O. Box 2607
Grand Rapids, Michigan 49501 USA

Visítenos en: www.portavoz.com

ISBN 0-8254-1070-3

1 2 3 4 5 edición / año 04 03 02 01 00

Impreso en Singapur
Printed in Singapore

El buen samaritano

Esta es una hermosa historia que contó Jesús cuando le preguntaron acerca de cómo tratar a las personas que conocemos. Es el relato de un hombre que fue muy bueno y ayudó a su prójimo.

En cierta ocasión, un viajero caminaba a través de las montañas por un camino solitario que va desde la ciudad de Jerusalén a Jericó.

Mientras viajaba, unos ladrones que tenían su
escondite entre las rocas, lo vieron y lo atacaron para
robarle.

El hombre se defendió y trató de escapar, pidió ayuda
a gritos, pero nadie lo escuchó. Luchó, pero no los pudo
vencer, ni tampoco pudo huir. Los ladrones lo golpearon
muchas veces, le quitaron su ropa y todo el dinero que
tenía, luego lo dejaron lastimado al costado del camino.

Estaba tan golpeado que no podía caminar, entonces se quedó recostado allí, quejándose del dolor.

Por fin, oyó los pasos de alguien que se acercaba. Levantó su cabeza y vio con alegría que la persona que venía por el camino era un sacerdote.

"¡Ayúdame! –clamó con voz débil–. ¡Ayúdame!"

Cuando el sacerdote lo vio, no quiso acercarse, se corrió hacia el otro lado del camino y continuó su marcha. El hombre herido no podía creer que alguien fuera tan cruel.

Más tarde, pasó otra persona. Ahora, el caminante era un levita, un ayudante del sacerdote que muchas veces estaba en el templo, adorando a Dios y orando. Sin duda, ¡él le ayudaría!

"¡Ayúdame!" –exclamó nuevamente.

El levita miró al hombre herido. Vio que estaba casi desnudo, que le habían robado y golpeado. Pero no le ayudó. Siguió de largo con tranquilidad y se olvidó por completo del asunto.

Otra vez, el herido oyó unos pasos y luego vio que se acercaba un hombre de la ciudad de Samaria.

Siempre he oído decir que los samaritanos son muy egoístas y malos –pensó–. Los sacerdotes y los levitas no quieren estar junto a ellos. Se sintió desilusionado. "Este samaritano no va a ayudarme" –dijo en voz baja.

De pronto, el samaritano vio al hombre herido tirado junto al camino. Se detuvo, y al acercarse se dio cuenta de que estaba muy lastimado y que había estado allí, postrado, por largo tiempo.

¡Pobre hombre! –pensó el samaritano–. Los ladrones lo atacaron y robaron. Lo han golpeado mucho. Tengo que hacer algo para ayudarlo.

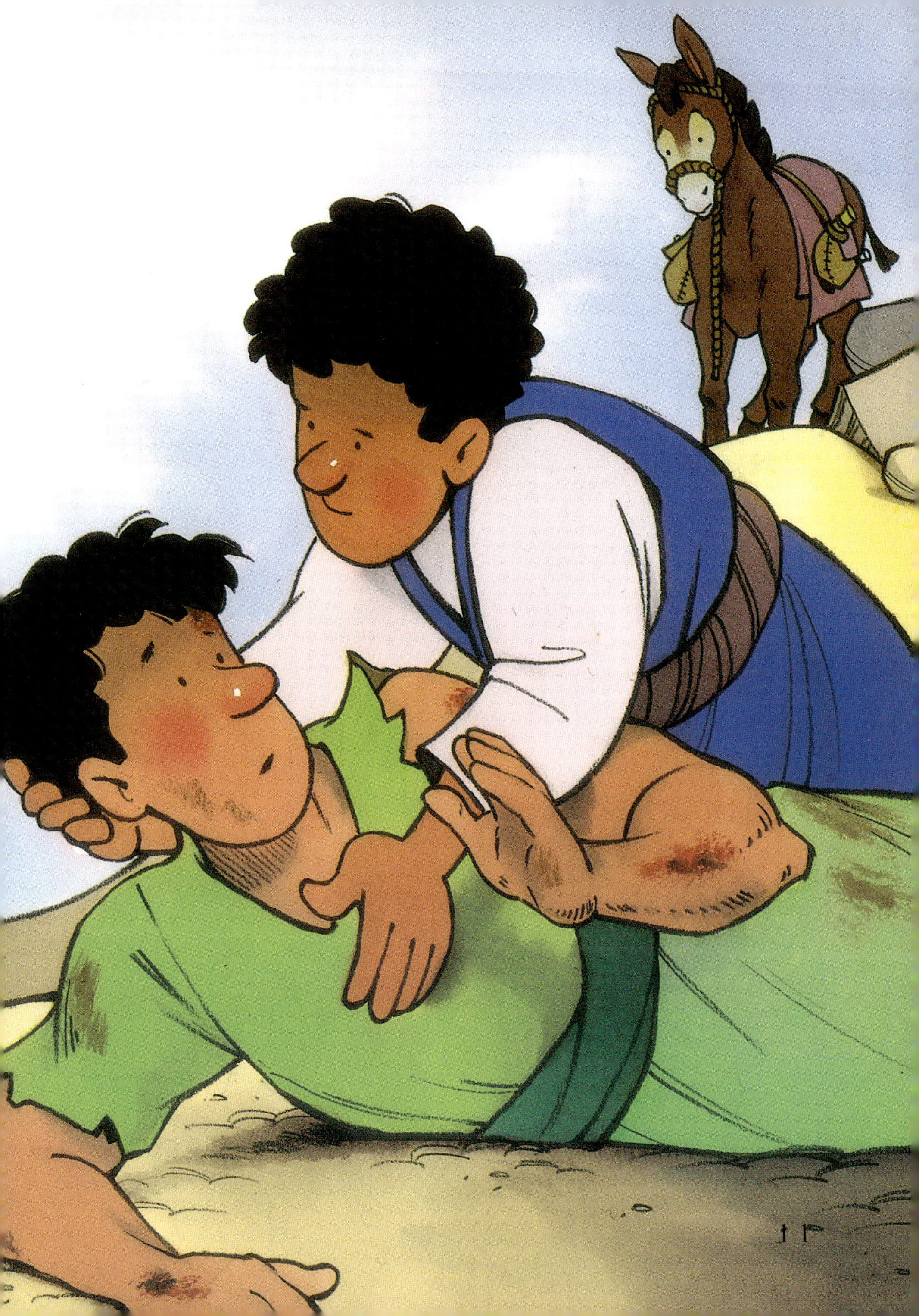

١٣

Aquel samaritano sacó inmediatamente unas botellas
de vino y aceite que tenía amarradas a su burro y usó el
contenido para limpiar y curar las heridas, luego las
vendó con pedazos de tela limpia.

"¿Se siente mejor ahora? –preguntó el samaritano–.
Voy a ayudarlo a llegar hasta mi burro, luego lo montaré
y lo sostendré, caminando a su lado".

El hombre herido logró montarse en el burro. Ahora
estaba aliviado y se sentía feliz. ¡Qué maravilloso que
alguien se mostrara tan amable!

Luego de andar un trecho, llegaron a una posada y el samaritano habló con el posadero. "Necesito un cuarto adecuado y ropa para este pobre hombre –dijo–. Debo acostarlo en una cama limpia y cuidarlo".

A la mañana siguiente, el herido ya estaba un poco mejor. El samaritano, entonces, llamó al posadero.

"No puedo quedarme más tiempo cuidándole –le dijo
con preocupación–. Le dejo todo el dinero que me
queda para sus gastos. Cuídelo hasta que esté bien y
pueda regresar a su casa. Si gasta más dinero de lo que
he dejado, le pagaré cuando regrese por aquí".

"¿Cuál de los tres viajeros –preguntó Jesús al finalizar
la historia–, el sacerdote, el levita o el samaritano, se
comportó como un buen prójimo con el hombre que fue
atacado por los ladrones?"

No te diré la respuesta porque estoy segura que la sabes.
Confío que siempre serás un buen prójimo al tratar a otros.

El joven que se fue de su casa

"Jesús tiene unos amigos muy raros –comentaba la gente–, debería relacionarse con hombres y mujeres buenos, iguales a Él".

Cuando Jesús los oyó, se entristeció y les dijo: "¿No saben que Dios también ama a los pecadores y se apena al ver que andan apartados, lejos de su amor? ¿No se dan cuenta de que Él quiere que vuelvan a sus caminos otra vez?

"Voy a contarles otra historia –les dijo Jesús.

17

"En ella habrá tres personas, un hijo bueno, un hijo malo, y un padre que los amaba por igual".

Había una vez un hombre muy rico que tenía dos hijos –comenzó Jesús el relato mientras un grupo grande de personas se acercaba a escucharlo–. "Padre, dame mi parte del dinero porque quiero irme lejos de aquí" –le dijo el más joven de ellos.

El padre se sintió muy triste, pero igual les repartió a sus hijos la parte del dinero de la herencia que les correspondía, y el hijo menor se fue a vivir solo en otra ciudad. Estaba muy contento con todo el dinero que llevaba. "¡Voy a divertirme mucho!" –decía.

Llegó a la lejana ciudad y buscó dónde alojarse. Cuando la gente de aquel lugar vio que el joven tenía mucho dinero, se acercaban a él y pronto consiguió muchos amigos. "¡Qué vida más lujosa lleva este muchacho! –se escuchaba decir a la gente–. Puede organizar reuniones con sus amigos todos los días si así lo desea, y comer y beber desde la mañana hasta la noche".

Pero el dinero alguna vez se termina y un día, este joven se dio cuenta de que ya no tenía más. Todo se lo había gastado. Ahora, que era pobre, los que decían ser sus grandes amigos, lo abandonaron.

Tengo que buscar trabajo –pensó–. Voy a morir de hambre si no gano dinero para comprar comida.

Pero le fue muy difícil encontrar trabajo, porque no tenía experiencia ya que jamás necesitó trabajar y, para empeorar las cosas, en aquella ciudad donde ahora vivía, los trabajos disponibles eran pocos y faltaba comida.

Luego de mucho andar consiguió algo para hacer.
"Puede cuidar a mis cerdos" –le dijo un granjero. Así
que el muchacho se sentó bajo un árbol a cuidar los
animales escuchando sus gruñidos. *Tengo tanta hambre
que me gustaría comer el alimento de los cerdos*
–pensó.

"¡Qué tonto he sido! —se dijo—. En la casa de mi
padre hasta el más inferior de los siervos tiene comida
abundante, y aquí estoy yo envidiándole la comida a los
cerdos".

El joven se puso triste al pensar en la casa de su padre.
Recordaba la bondad que su padre siempre le había
manifestado.

Y volviendo en sí, dijo: "¡Cuántos jornaleros en casa de mi padre tienen abundancia de pan, y yo aquí perezco de hambre! Me levantaré e iré a mi padre, y le diré: Padre, he pecado contra el cielo y contra ti. Ya no soy digno de ser llamado tu hijo; hazme como a uno de tus jornaleros".

Caminó muchos kilómetros para regresar a su hogar. Estaba sucio y su ropa hecha jirones.

Su padre, que no le había olvidado, cada día pensaba en él y oraba. A veces subía al techo de la casa para mirar el camino con la esperanza de verlo regresar.

Un día vio a alguien que en la distancia le pareció su hijo. ¿Sería posible que ese pobre y miserable joven acercándose a la casa, fuera su amado hijo?

"Es mi hijo –grito de alegría el viejo padre al reconocerlo". Corrió por todo el camino con gran gozo a encontrarlo. Lo abrazó y besó.

"Padre, he pecado contra el cielo y contra ti –dijo arrepentido el joven– y ya no soy digno de ser llamado tu hijo".

El padre no le dejó decir ni una palabra más. Llamó a sus sirvientes. "Traigan la mejor ropa de la casa y vistan a mi hijo –ordenó–. Traigan también un anillo para su dedo y zapatos para sus pies. Tendremos una gran reunión esta noche, maten el becerro más gordo para la cena. Comeremos y celebraremos porque mi hijo que creía muerto, está vivo; estaba perdido y ha sido encontrado".

El joven casi no podía ocultar sus lágrimas de gozo.
Todos en aquella casa le dieron la bienvenida y lo
trataban con bondad. ¿Cómo pudo haber sido tan necio
y dejar su hogar y su familia?

Pero alguien no estaba alegre. El hermano mayor se
enojó al ver que recibieron al joven con gozo y
preparaban una fiesta de bienvenida en su honor.

–¿No he trabajado para ti todos estos años
obedeciéndote en todo? –le preguntó enojado a su
padre–. ¡Pero nunca has organizado una reunión para
mí!

–Hijo, tú siempre has estado conmigo –respondió amablemente el anciano padre–, tienes todas las cosas buenas que tengo. Todo esto es tuyo y nunca te ha faltado nada. Es justo que recibamos a tu hermano y nos alegremos. Pensábamos que estaba muerto, pero está vivo; estaba perdido, pero ahora apareció. ¡Debemos celebrar!

La historia en la Biblia

El buen samaritano

Respondiendo Jesús, dijo: Un hombre descendía de Jerusalén a Jericó, y cayó en manos de ladrones, los cuales le despojaron; e hiriéndole, se fueron, dejándole medio muerto. Aconteció que descendió un sacerdote por aquel camino, y viéndole, pasó de largo. Asimismo un levita, llegando cerca de aquel lugar, y viéndole, pasó de largo. Pero un samaritano, que iba de camino, vino cerca de él, y viéndole, fue movido a misericordia; y acercándose, vendó sus heridas, echándoles aceite y vino; y poniéndole en su cabalgadura, lo llevó al mesón, y cuidó de él. Otro día al partir, sacó dos denarios, y los dio al mesonero, y le dijo: Cuídamele; y todo lo que gastes de más, yo te lo pagaré cuando regrese.

—Lucas 10:30-35

El hijo pródigo

(Lucas 15:11–32)

También dijo: Un hombre tenía dos hijos; y el menor de ellos dijo a su padre: Padre, dame la parte de los bienes que me corresponde; y les repartió los bienes. No muchos días después, juntándolo todo el hijo menor, se fue lejos a una provincia apartada; y allí desperdició sus bienes viviendo perdidamente. Y cuando todo lo hubo malgastado, vino una gran hambre en aquella provincia, y comenzó a faltarle. Y fue y se arrimó a uno de los ciudadanos de aquella tierra, el cual le envió a su hacienda para que apacentase cerdos. Y deseaba llenar su vientre de las algarrobas que comían los cerdos, pero nadie le daba. Y volviendo en sí, dijo: ¡Cuántos jornaleros en casa de mi padre tienen abundancia de pan, y yo aquí perezco de hambre! Me levantaré e iré a mi padre, y le diré: Padre, he pecado contra el cielo y contra ti. Ya no soy digno de ser llamado tu hijo; hazme como a uno de tus jornaleros. Y levantándose, vino a su padre. Y cuando aún estaba lejos, lo vio su padre, y fue movido a misericordia, y corrió, y se echó sobre su cuello, y le besó.

—Lucas 15:11-20

Otros libros para niños de
EDITORIAL PORTAVOZ